的的撲撲開飯啦

文 曾慕雪@一桌兩椅慈善基金

圖 吳浚匡

老師：「大家明白今天的任務是甚麼了嗎？」
同學們：「明白！」

任務

與家人合作

老師：「要和家人一起合作完成，你們能做到嗎？」
同學們：「做得到！」

樂樂：「我要快點把任務告訴爸爸、媽媽和公公。」

「準備吃飯了！」

公公：「樂樂番到嚟，
洗咗手未？
快啲過嚟，
做公公嘅小助理！」

4

「好！」
樂樂：「我幫忙盛飯！」

白米
稻穀
稻苗

6

樂樂心想：
爸爸吃大碗米飯，
公公吃小碗的，
媽媽不吃飯，
我就要最大碗。

公公:「大家食飯。」

樂樂:「公公食飯,
爸爸媽媽食飯。」

8

爸媽：「爸爸食飯，樂樂食飯。」

公公：
「叫人食飯，仲要跟輩份，即
係先叫公公，再叫爸爸媽媽。」

親子遊戲頁

你知道常見親戚的稱謂與輩份嗎？
與大人一起畫張屬於你的
「家庭樹 Family Tree」！

樂樂心想：「飛象過河」與夾菜有甚麼關係？

公公：「中國象棋裏面有『象』呢隻棋，佢只可以行『田』字，即係行對角，而唔可以過河。公公慢慢再教你捉象棋啦！」

12

樂樂：
「抱歉，我不是故意『飛象過河』的，
只是因為那盤蝦太遠了，我夾不到。」

13

樂樂：「我們喜歡的都不同呀！噢？
　　　今晚沒有爸爸最喜歡的菜。」

公公的最愛

樂樂的最愛

媽媽的最愛

爸爸：「媽媽煮的我都喜歡。媽媽下班還能煮出那麼多飯菜，很厲害！」

樂樂：「那不如明天我幫忙煮媽媽和爸爸最喜歡的……是甚麼呢？」

南音兒歌《齊齊食飯歌》

歌詞：
媽媽吃豆腐
公公吃鹹魚
樂樂食晒碟甜酸蝦

樂樂、媽媽、爸爸和公公都有喜歡的食物，想不想知道樂樂最不喜歡吃甚麼？
他們吃飯後又會吃甚麼呢？
掃一掃二維碼，聽聽這首南音兒歌。

親子遊戲頁 ➡

15

爸爸：
「是蒸魚，好像很容易，但要蒸出來的魚又嫩又滑，可是有很多學問的。下面是我總結出來的四個蒸魚秘技。」

2）時間的控制

1）新鮮的魚

16

3）火喉的控制

4）配料

公公：
「我聽日帶樂樂
一齊去街市啦！」

樂樂：
「太好了！我明天可以
和公公一起買菜。」

公公：
「食完飯，
過嚟吓，
飲杯茶，
助消化。」

樂樂：
「吃得那麼飽，還喝茶，那只會更飽呀！」

18

公公：
「茶可以幫人放鬆，
仲會幫你發個甜夢！」

樂樂：
「那我要沖茶給爸
爸、媽媽和公公！」

公公：
「我逐步教你啦。
今晚我哋沖菊花茶！」

19

沖茶步驟

一　煮熱水。

二　準備幾個茶杯和一個茶壺。

三　拿出菊花茶葉，量度適當份量，放進茶壺。

四　倒熱開水，並泡約十分鐘，用小鬧鐘計時。

樂樂：
「要等十分鐘那麼久啊！」

公公：
「我哋沖茶就係想要減慢我哋
　嘅節奏，等我哋可以安靜啲，
　慢慢進入瞓覺嘅狀態。」

公公：

「個心都要靜……嚟跟我呼吸啦。吸……呼……吸氣時，
肚要跟住脹起；呼氣時，肚腩要縮入去啦！」

樂樂：

「呼……吸……」

「慢慢睜開眼啦。」

樂樂：
「那麼快就過了十分鐘，好舒服呀！我想睡覺了。」

23

公公：
「樂樂做得好好，
快啲去瞓啦。」

樂樂：
「公公，晚安！」

24

25

媽媽：
「晚安，樂樂。」

樂樂：
「……我忘記告訴你我有任……
我要做任……任……」

26

媽媽：
「你要任……任？任甚麼呢？任食？」

公公，南音是甚麼？

南音是源自於中國廣東的非物質文化遺產項目，是以粵語來表演的傳統說唱藝術。說唱即是說說故事、唱唱歌的中國傳統表演藝術。南音運用粵語獨有的九聲，伴隨中國樂器演奏，透過音樂演唱出豐富的題材和故事，亦曾是香港四、五十年代重要的流行文化。現時，南音多融入粵劇、粵曲中，成為其中的演唱元素。

公公，那「的的撐撐」又是甚麼呢？

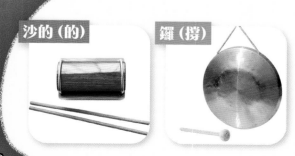

沙的（的）　　鑼（撐）

「的的撐撐」就是粵劇鑼鼓樂器的聲音。「的」即是樂器「沙的」的聲音，而「撐」就是鑼的聲音啊！

認知 透過故事中「叫人食飯」，認識生字及其意思：輩份、長輩、後輩。

延伸學習 展示「My Family Tree」圖，讓孩子填上：我、爸爸、媽媽、公公、婆婆、爺爺、嫲嫲，並分出誰是長輩與後輩，更可貼上照片，製成屬於大家各自的家族成員圖！

My Family Tree

▶ **認知** 解釋文中成語的意義——飛象過河：不守規矩。飛象過河的「象」即中國象棋棋子的「象」（相），按規則，「象」不可越過棋盤中間的楚河漢界，只能在己方的範圍移動，否則犯規。

▶ **思考** 猜媽媽為何會這樣說？

▶ **延伸學習** 介紹象棋（看象棋的棋盤及棋子、簡單介紹棋子，如象、馬）。

▶ **延伸學習** 介紹中國以前的遊戲、與其他桌遊如大富翁、UNO 等比較。

▶ **附加資源**

掃瞄 QR Code 觀賞《齊齊食飯歌》MV

樂樂食晒碟甜酸蝦

試試在《齊齊食飯歌》歌詞圈出押韻的字。

答案：飯-晚-山-下、饅-飽-好、撐-冷-多-坐、喇-車-返、家-媽-嗲、嘩-家-啦

《齊齊食飯歌》

作曲：伍卓賢　　作詞：陳耀森（亞木）

齊齊坐埋食食晚飯

味道極稱心 樂在我家

齊齊坐埋共聚每晚

一家食飽輕鬆下

媽媽吃豆腐

公公吃鹹魚

樂樂食晒碟甜酸蝦 ~

西芹有陣味 好怕怕

嘩水蛋夠滑呀 蒸得好到家

齊齊坐埋食食晚飯

味道極稱心 樂在我家

齊齊坐埋共聚每晚

一家食飽輕鬆下

樂樂：媽媽廚藝好得很

　　　款款菜色都滿分

媽媽：家中滿佈小確幸

　　　溫馨甜蜜一家人

公公：同檯食飯笑笑口

　　　一湯兩餸永無憂

　　　忙完一日晞一晞

　　　飲碗靚湯唔使愁

樂樂：一人一個飯後果

公公：鮮橙香甜營養多

樂樂：從此醫生遠離我

媽媽：樂樂話想食菠蘿

續下頁 ➡

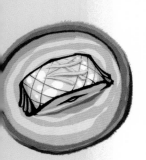

公公：食埋甜品

媽媽：當然好

公公：打開雪櫃

樂樂：有雪糕

媽媽：得番原味

樂樂：好過冇

公公：食得是福

全體：咪勞嘈

媽媽 + 樂樂：

媽媽吃豆腐

公公吃鹹魚

樂樂食晒碟甜酸蝦～

西芹有陣味 好怕怕

媽媽：嘩水蛋夠滑呀

樂樂：嘩水蛋美味呀

公公：嘩好想再食呀

全體：聽晚再蒸呀

媽媽 + 樂樂：

媽媽會做飯

公公會詳談

樂樂就會食埋先玩～

爸爸笑住話 好餸呀

每天充滿樂趣 餐餐講笑話

齊齊坐埋食食晚飯

味道極稱心 樂在我家

齊齊坐埋共聚每晚

全體：一家人食飯喇～ Yeah~!

親子遊戲頁

相關情節：第 14-15 頁

認知 認識食物 / 菜式名稱，再連結原材料。如肉碎豆腐，來自豬肉與黃豆。

相關情節：第 16-17 頁

思考 問問孩子對「蒸魚」的認識。

認知 介紹「蒸魚」是廣東的特色菜。

延伸學習 廣東及香港還有甚麼特色菜？

延伸學習 中國其他地區的特色菜，如北京填鴨、小籠包、水煮魚、餃子等。

延伸學習 查看中國地圖。

認知 介紹香港與廣東位置。

認知 介紹廣東的特點：近海，潮濕，天氣暖和，因此海鮮與米飯較普遍。

延伸學習 認識提及過有特色菜的地區/ 城市，並在地圖上點出。

延伸學習 查看這些地區的地理與天氣特色。

相關情節：第 22-25 頁

遊戲 **睡前呼吸遊戲**

1. 心裏數三聲來做「吸氣」，再數三聲做「呼氣」；穩定後，加至四、五、六聲。
2. 觀察肚子的狀態：吸氣時漲起、呼氣時縮入。
3. 保持微笑。

後記

　　我有位演粵劇的家人，與愛看大戲的媽媽，所以小時候常常流連戲班戲棚。小時候的我，雖聽不懂粵曲歌詞，但每逢武打場面，「的的撐撐乒鈴嘭唥」越嘈的鑼鼓聲，我就看得越投入！「的的撐撐」的鑼鼓聲帶我進入粵劇世界，因此喜歡粵劇的我都希望以這「的的撐撐系列」引領大小朋友接觸粵劇的世界！

　　《的的撐撐開飯啦》是這個系列的第一冊，在大家學習更多粵劇與中國文化前，不如先認識主角一家人啦！公公、爸爸、媽媽與樂樂這幾位人物的生活習慣、喜好與文化都很不同喲，好似公公講粵語，總是押韻又充滿節奏感呢！雖然有很多「不同」，然而只要互相尊重，這些「不同」反而是生活中有趣的地方呢！就像《齊齊食飯歌》這首南音兒歌（書中第 31 頁），就是由公公愛唱的傳統南音啟發出來的！你又知不知道，我們生活保留着許多美好的價值觀與中國文化，如「叫人食飯」的規矩、對親戚的稱謂等，大小朋友可以透過「親子遊戲頁」一起學學玩玩唱唱呀！

　　而教育版本的「教師手冊」更會引導幼教老師們借此繪本一起展開中華文化的課堂，「的的撐撐系列」會陪伴親子與老師探索更多中華文化呀！密切留意！

　　最後，感謝 Nick 每張細緻精靈的畫、李函崳的細心、天地團隊的意見、伍卓賢與亞木創作了南音兒歌《齊齊食飯歌》、阮兆輝對藝術的監督，還有鄭思聰打開我的思維與視野——教育是既重要又漫長的路，大家攜手一步一步走下去啦！

　　共勉之。

雪姐姐 @ 一桌兩椅慈善基金

作者 曾慕雪 @ 一桌兩椅慈善基金

曾慕雪（雪姐姐）現為一桌兩椅慈善基金創意總監。曾氏亦為香港演藝學院戲曲學院客席講師，曾獲邀到香港中文大學和浸會大學擔任講者。雪姐姐集合西方舞台、兒童戲劇教育及粵劇表演藝術的知識與豐富表演經驗，銳意以創新思維推廣戲曲藝術，致力開發原創與生活化題材，令傳統戲曲文化與時並進、與世界舞台接軌，寄望推動戲曲藝術至年輕新生代。近年作品包括：康文署學校文化日──《樂樂公公唱唱貢》南音故事劇場及「如何將中國文化融入幼兒／小學教育」教師培訓工作坊、《講古‧講今‧講南音》互動課堂、《的的撐撐遊樂園》粵劇 X 兒童互動劇場、《周瑜都督撐》戲曲劇場，以及《魂遊記》南音 X 張敬軒音樂故事錄像。

繪圖 吳浚匡

香港插畫師，繪本作品有《我不想唱歌》、《我們的巴士俠》、《一本讀通世界歷史》（香港電台第七屆香港書獎）、《啊──原來我誤會了？》（第四屆香港出版雙年獎）、《看不見的禮物》（第四屆香港出版雙年獎──兒童及青少年類最佳出版獎）及《兩個花旦》（第三屆香港出版雙年獎），並參與樂施會製作反映社會議題的插畫廣播劇《公平咩農莊》。

書　　　名　的的撐撐開飯啦
作　　　者　曾慕雪@一桌兩椅慈善基金
插　　　圖　吳浚匡
責任編輯　王穎嫻
美術編輯　蔡學彰
出　　　版　小天地出版社（天地圖書附屬公司）
　　　　　　香港黃竹坑道46號新興工業大廈11樓（總寫字樓）
　　　　　　電話：2528 3671　　　　傳真：2865 2609
　　　　　　香港灣仔莊士敦道30號地庫（門市部）
　　　　　　電話：2865 0708　　　　傳真：2861 1541
印　　　刷　亨泰印刷有限公司
　　　　　　香港柴灣利眾街德景工業大廈10字樓
　　　　　　電話：2896 3687　傳真：2558 1902
發　　　行　聯合新零售（香港）有限公司
　　　　　　香港新界荃灣德士古道220-248號荃灣工業中心16樓
　　　　　　電話：2150 2100　　　　傳真：2407 3062
出版日期　2024年7月初版．香港